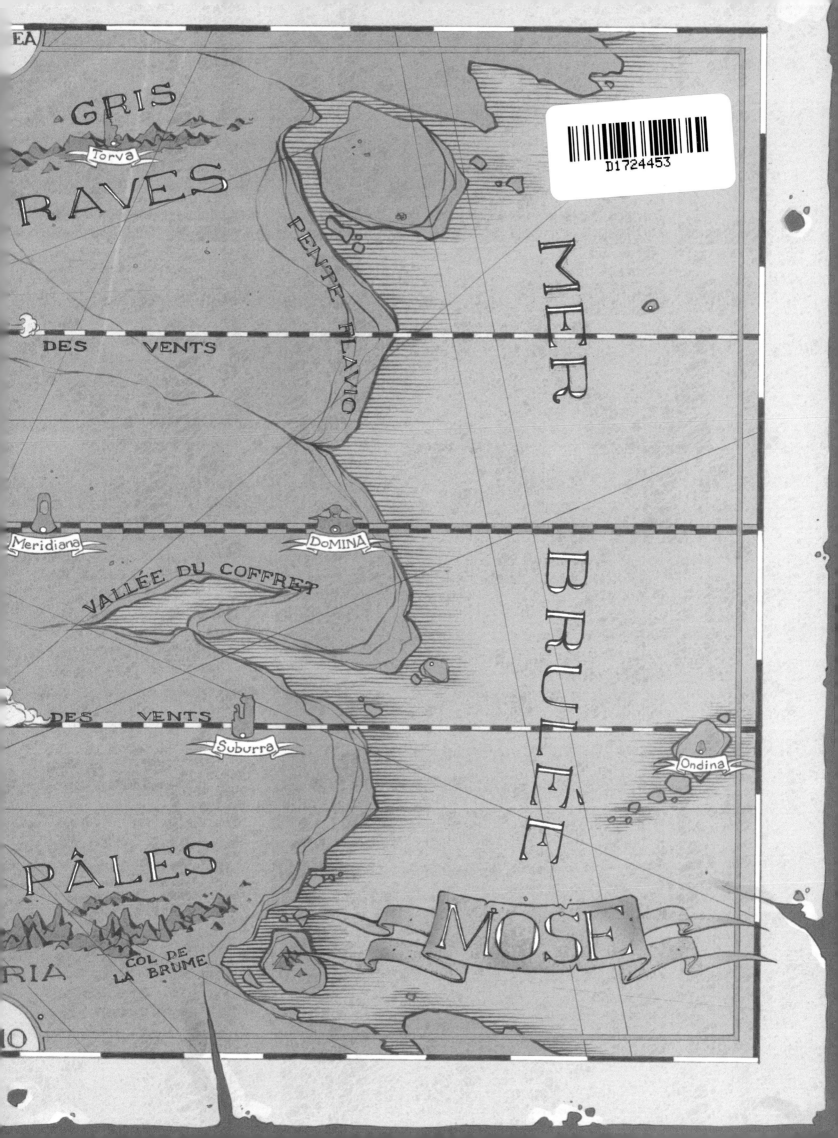

SZENARIO
GIOVANNI GUALDONI & GABRIELE CLIMA

ZEICHNUNGEN
MATTEO PIANA

KOLORIERUNG
DAVIDE TUROTTI

DER RING DER 7 WELTEN

BAND I

RUHE & STURM

ehapa
COMIC COLLECTION
EGMONT

„Für Luce, meine Großmutter Celestina und für Vater Carlo"
Giovanni.

„Für Hercule Savinien"
Gabriele.

„Für meine Familie"
Matteo.

„Für alle Comic- und Buchhändler"
Davide.

Besonderer Dank geht an Gianfranco Enrietto, Maximilien Chailleux, Bruno Lecigne und Nicolas Forsans.

Impressum
„Der Ring der 7 Welten"
Szenario: Giovanni Gualdoni, Gabriele Clima
Zeichnungen: Matteo Piana
Kolorierung: Davide Turotti
Aus dem Französischen von Marcel Le Comte
Originaltitel:
« L'ANNEAU DES SEPT MONDES, TOME I, LE CALME ET LA TEMPÉTE»
1. Auflage
EHAPA COMIC COLLECTION
verlegt durch
Egmont vgs verlagsgesellschaft mbH
Gertrudenstr. 30-36, 50667 Köln
Verantwortlicher Redakteur: Bernd Klötzer
Gestaltung und Lettering: Wolfgang Berger
 Koordination: Christiane Dihsmaier
Buchherstellung: Angelika Rekowski

© Les Humanoides Associeés S A - Genéve

© Deutschsprachige Ausgabe:
Egmont vgs verlagsgesellschaft mbH, Köln 2004
Druck und Verarbeitung: Norma, Spanien
ISBN 3-7704- 2903-6
www.vgs.de
www.ehapa.de

MOSE IST DER ERSTE DER SIEBEN PLANETEN, DIE DAS REICH DER SIEBEN WELTEN BILDEN.

SIEBEN WELTEN, DIE DURCH DIMENSIONSPORTALE IN FORM EINES RINGES MITEINANDER VERBUNDEN SIND – GLANZLEISTUNG EINER FÜR ALLE ZEITEN VERGESSENEN TECHNOLOGIE.

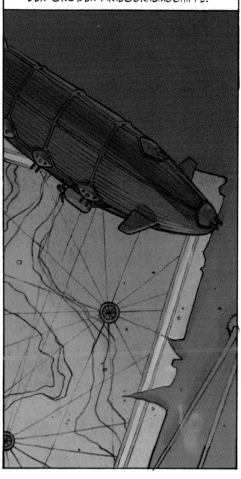

DER HIMMEL ÜBER DEM SÜDPOL DES MOSE HAT SICH VERFINSTERT. EINST WAR ER ERHELLT VON DEN SCHEINWERFERN DER GROBEN KRIEGSRAUMSCHIFFE.

DER KRIEG GEGEN DIE WELT VON NEMO SOLLTE DIE DÄMONEN DER LETZTEN DER SIEBEN WELTEN DARAN HINDERN, DEN REST DES REICHES ZU ÜBERFALLEN. DREI JAHRHUNDERTE ZURÜCKLIEGEND, FÜHRTE DIE ZERSTÖRUNG DES SÜDPOLRINGS ZUM SIEG: DIE ANGREIFER WAREN IN IHRER EIGENEN HÖLLE GEFANGEN. FÜR DIE WELT VON MOSE DER GARANTIERTE SCHUTZ VOR EINER ERNEUTEN INVASION...

JEDENFALLS GLAUBTE MAN DAS.

SEID STILL! ICH SAGE EUCH, ICH HABE ETWAS IM ZENTRUM DES RINGS GESEHEN!

DU MUSST GETRÄUMT HABEN, ÉNO! AUBER UNS IST HIER NICHTS.

SÉRICO HAT RECHT, VERSUCH, DICH ZU BERUHIGEN! MEHR ALS ZWEI WOCHEN VOR DER WACHABLÖSUNG, UND DANN NOCH...

NEIN, ICH BERUHIGE MICH NICHT! ICH WEIß, WAS ICH GESEHEN HABE: DA IST ETWAS IM INNEREN DES RINGS, DAS SICH BEWEGT! IHR SOLLTET MIR LIEBER GLAUBEN!

...

ICH GLAUB EINFACH NICHT, DASS DU ES GESCHAFFT HAST, UNS HIERHER ZU SCHLEPPEN!

IHR WERDET ES MIT EUREN EIGENEN AUGEN SEHEN!

... UND WIR SEHEN, DASS DA ABSOLUT NICHTS IST! UND JETZT, ÉNO, LASS UNS ZURÜCK INS WARME GEHEN, WENN'S RECHT IST!

ICH SCHWÖRE EUCH, DA WAREN ZWEI RIESIGE OBJEKTE, VON EINER GESTALT, DIE ICH NIE ZUVOR GESEHEN HABE... UND DIE SICH IN RICHTUNG DES VORPOSTENS BEWEGTEN!

KOMM SCHON, ÉNO! DIE KÄLTE UND DIE GESCHICHTEN, DIE MAN ÜBER DIESEN ORT ERZÄHLT, HABEN DICH NUR ETWAS VERWIRRT!

DU WIRST SEHEN, EINE HEIßE DUSCHE UND EIN SCHÖNER TELLER SUPPE WERDEN DICH WIEDER AUF ANDERE GEDANKEN BR...

!!!

VRRRRRRRRRRRRRRRRRRRRRRRRRRRR

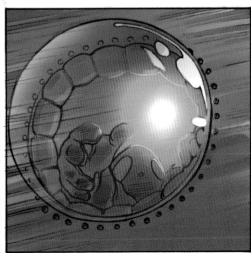

DIE STADT BORÉA, SITZ DER HÄNDLERGILDE AUF DEM ÄQUATOR DER WELT MOSE...

NEIN! LASST MICH! AAAH!

THUMP!

SCHNELL, TIMO! HAUEN WIR AB!

HA, HA, HA!

WIE FÜHLEN SIE SICH?

MEIN... MEIN HINTERN! MEIN ARMER HINTERN!

AUS WELCHEM GRUND HAST DU DEN TYPEN MIT FUBTRITTEN TRAKTIERT...?

ICH HATTE LUST DAZU, DAS IST ALLES.

UND WENN NICHT...?

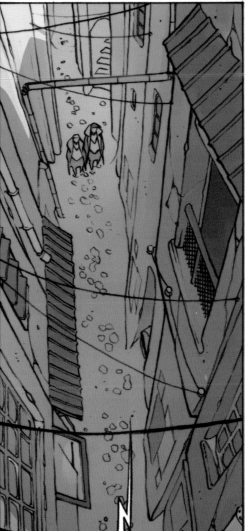

ANTRO, DU BIST ECHT BEHÄMMERT! UND ICH NOCH VIEL MEHR, WEIL ICH IMMER NOCH MIT DIR ABHÄNGE!

ICH MÜSSTE IHN WOHL ZUM DUELL FORDERN UND DU... NA JA, DEIN VATER WIRD DIR SICHER DEN HINTERN BLUTIG TRETEN!

WAS BEUNRUHIGT DICH?

ER KÖNNTE UNS ERKANNT HABEN... UND UNSEREN ELTERN DAVON ERZÄHLEN!

DU BIST DER SOHN DES OBERSTEN GESCHÄFTSFÜHRERS DER HÄNDLERGILDE UND ICH DER SOHN EINES ADLIGEN REICHSHERRN. WENN DER KERL SCHLAU IST, HÄLT ER DIE KLAPPE!

MPFFF... HA, HA!

JETZT MUSS ICH ABER LOS, ES IST SPÄT GEWORDEN! UND AUSSERDEM HAB ICH NOCH EINE SPANNENDE UNTERRICHTS-STUNDE MIT DEM HANDELS-LEHRER!

UND DU, WAS MACHST DU?

SCHLAFEN, BIS DER TAG VORBEI IST. DIE SONNE MACHT MIR SCHLECHTE LAUNE.

HÄTTEST DU LUST, DIR SPÄTER DIE MONOSCHRAUBER-SHOW ANZUSEHEN? ... IM LUFTZIRKUS?

DU UND DEIN ZIRKUS! DAS WIRD JA ZUR FIXEN IDEE! SEIT SIE AM HIMMELSHAFEN FEST-GEMACHT HABEN, REDEST DU VON NICHTS ANDEREM MEHR!

WILLST DU MIT ODER NICHT?

WEISS NICHT... ICH PLANE NIE LANGE IM VORAUS.

MMMPF!

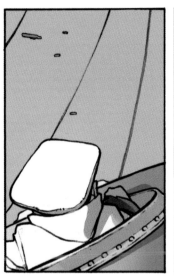

MUGO?!

BIST DU VERLIEBT, LUCE?

SPINNST DU, ODER WAS?! WAS IST DAS DENN FÜR 'NE FRAGE!

LÉO BEHAUPTET, WENN EIN MÄDCHEN INS LEERE STARRT UND DABEI SEUFZT, DANN BEDEUTET DAS, DASS SIE VERLIEBT IST.

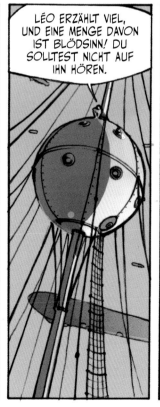

LÉO ERZÄHLT VIEL, UND EINE MENGE DAVON IST BLÖDSINN! DU SOLLTEST NICHT AUF IHN HÖREN.

UND AUBERDEM HAB ICH GAR NICHT INS LEERE GESTARRT.

DA GIBT ES DOCH NICHTS WEITER ZU SEHEN... NUR IRGENDEINE STADT, GENAU WIE ALL DIE ANDEREN.

VIELLEICHT GLEICHEN SICH DIE STÄDTE NUR FÜR UNS, DIE WIR SIE NUR AUS DER FERNE SEHEN.

LÉO HAT GESAGT, DASS ES IN ALLEN STÄDTEN AN LUFT FEHLT, DASS ES DORT ZU VIEL SAND GIBT UND DASS DIE MENSCHEN NIEMALS LACHEN.

LÉO IST NUR EIN EINZIGES MAL ZUR ERDE HINABGESTIEGEN, ODER BESSER, GEFALLEN.

NA UND? DAS IST IMMERHIN EINMAL MEHR ALS WIR. ER HAT MICH ÜBRIGENS GESCHICKT, UM DICH ABZUHOLEN. ER MEINTE, WENN DU WILLST, KÖNNTEST DU MIT DEINEM TRAINING HEUTE FRÜHER ANFANGEN.

UND DAS SAGST DU MIR ERST JETZT?!

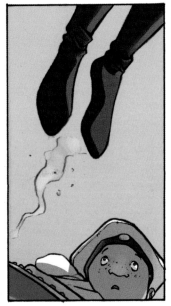

HALT DICH WACKER, KLEINE! HEUTE GEHT'S RICHTIG AB!

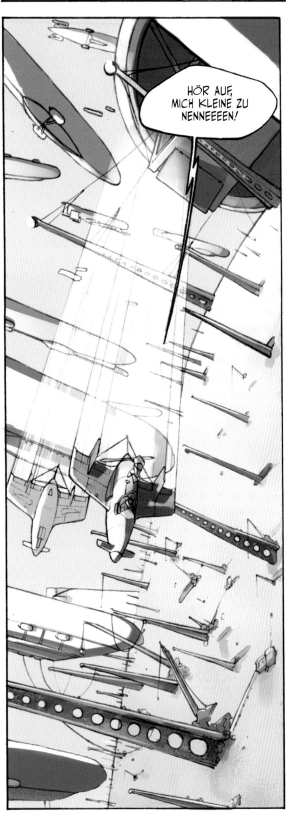

HÖR AUF, MICH KLEINE ZU NENNEEEEN!

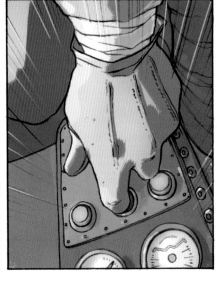
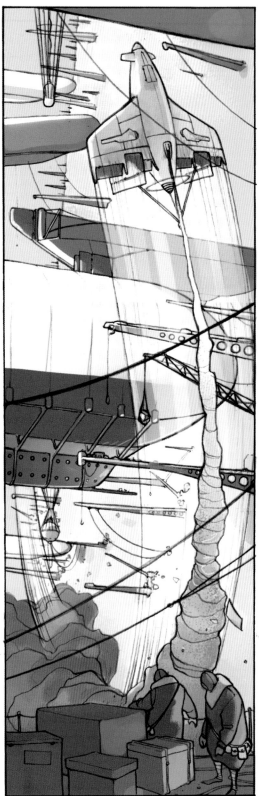

HERR OBERSTER GESCHÄFTS-FÜHRER...?

VERZEIHEN SIE, MEINE HERREN, ICH HATTE NUR KURZ DIESE MONOSCHRAUBER IM BLICK. MEIN SOHN IST VERRÜCKT NACH IHNEN... WO WAREN WIR NOCH...?

MIR SCHIEN, ALS WOLLTEN SIE GERADE ANHEBEN, MIR UND HERRN PIROPA IHRE ENTSCHEIDUNGEN MITZUTEILEN, HERR OBERSTER GESCHÄFTSFÜHRER.

DAS IST WAHR, LEPONTE, ICH HABE LANGE ÜBER DIE FRAGE NACHGEDACHT, AUF DIE SIE MICH AUFMERKSAM MACHTEN, UND ICH BIN ZU EINEM ERGEBNIS GEKOMMEN...

ES WÄRE LEICHTFERTIG UND UNKLUG, DIE BEDEUTUNG DER VON UNSEREN KOMMANDANTEN KOLPORTIERTEN GERÜCHTE HERUNTERZUSPIELEN. ICH AUTORISIERE SIE ALSO, IN DIE HAUPTSTADT ZU REISEN.

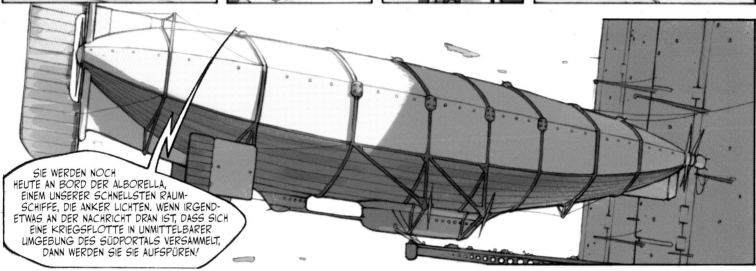

SIE WERDEN NOCH HEUTE AN BORD DER ALBORELLA, EINEM UNSERER SCHNELLSTEN RAUMSCHIFFE, DIE ANKER LICHTEN. WENN IRGENDETWAS AN DER NACHRICHT DRAN IST, DASS SICH EINE KRIEGSFLOTTE IN UNMITTELBARER UMGEBUNG DES SÜDPORTALS VERSAMMELT, DANN WERDEN SIE SIE AUFSPÜREN!

ICH GELOBE, ALL MEIN WISSEN IN DEN DIENST DES HOFES ZU STELLEN, HERR OBERSTER GESCHÄFTSFÜHRER!

WIE ÜBLICH EINE IHRER ERLEUCHTETEN ENTSCHEIDUNGEN, HERR OBERSTER GESCHÄFTSFÜHRER. JA, WIRKLICH, EINE WEISE ENTSCHEIDUNG!

WAS SIE BETRIFFT, PIROPA, ES FÄLLT MIR SCHWER, IHNEN MITTEILEN ZU MÜSSEN, DASS ICH TROTZ IHRER GESUCHE BESCHLOSSEN HABE, DIE GRABUNGEN IN DER ALTEN STADT NICHT WIEDER AUFZUNEHMEN. ZUMINDEST NICHT JETZT.

WIE...?!

ICH WEIB, DASS SIE IN IHRER EIGENSCHAFT ALS OBERINTENDANT DER GRABUNGEN ETWAS ANDERES ERHOFFT HABEN, ABER SOLANGE DIESER UNERFREULICHE VORFALL NICHT GEKLÄRT IST, WERDE ICH MEINE MEINUNG NICHT ÄNDERN!

ICH BITTE SIE INSTÄNDIG, SEIEN SIE DOCH VERNÜNFTIG UND...

ICH DENKE, VERNÜNFTIG GENUG ENT-SCHIEDEN ZU HABEN, PIROPA! IN DEN LETZTEN JAHREN HAT UNSERE GILDE ENORME RESSOURCEN INVESTIERT, UM GRABUNGEN IN DEN RUINEN DER ALTEN STADT ZU BETREIBEN...

VIEL HAT UNS DAS NICHT GEBRACHT, ABGESEHEN VON EINIGEN MAGEREN ÜBERBLEIBSELN DER ALTEN TECHNOLOGIE VON GERINGEM WERT...

UND JETZT, ALS WENN ES NOCH NICHT GENUG WÄRE, AUCH NOCH DER TOD DES INSPEKTORS, DER EINEN BERICHT ÜBER DIE LAGE ANFERTIGEN SOLLTE.

MEINE ENTSCHEIDUNG STEHT FEST, PIROPA. BIS AUF WEITERES SIND DIE GRABUNGEN AUSGESETZT. ICH BETRACHTE DIESES KAPITEL ALS GESCHLOSSEN.

LASSEN SIE MEINEN ENTSCHLUSS UMSETZEN. WIR NEHMEN DIE ARBEITEN SPÄTER WIEDER AUF...

ELENDER DUMMKOPF... DIE DISKUSSION IST NOCH NICHT BEENDET!

WENN ER GLAUBT, MICH SO BEHANDELN ZU KÖNNEN, TÄUSCHT ER SICH!!

... ES IST SPÄTER, ALS ICH DACHTE!

ADE, HANDELSUNTERRICHT. ICH GEH LIEBER SCHLAFEN...

HELLO! GANZ ALLEINE IN DIESEM GROßEN PALAST? HAST DU KEINE ANGST, SCHLECHTE BEKANNTSCHAFTEN ZU MACHEN?

WARTEN SIE AUF JEMANDEN?

JA. WIR SIND FREUNDINNEN VON HERRN PIROPA. ER IST ES, AUF DEN WIR WARTEN...

ICH HEIßE VOLPE, UND DAS IST MEINE FREUNDIN GATTA. WILLST DU UNS NICHT GESELLSCHAFT LEISTEN?

WIR WERDEN DICH SCHON NICHT FRESSEN...

ALLERHÖCHSTENS EIN WENIG KRATZEN...

?!

TIMO... MEIN LIIIIIEBER FREUND!

ICH SEHE, DU HAST SCHON BEKANNTSCHAFT MIT MEINEN GESCHÄFTSPARTNERINNEN GESCHLOSSEN!

TUT MIR LEID, DASS ICH EUER STELLDICHEIN UNTERBRECHEN MUSS, ABER ZEIT IST GELD, UND WIR HABEN HEUTE FRÜH NOCH EINE MENGE ZU ERLEDIGEN...

MACHT EIN ANDERMAL WEITER. NUN DENN, MEINE DAMEN, SAGEN SIE DEM JUNGEN AUF WIEDERSEHEN!

CIAO, CIAO, KLEINER...

SIE HABEN MICH WIE EINEN GEWÖHNLICHEN BALG BEHANDELT...

NA TOLL, WENN DER REST DES TAGES AUCH SO LÄUFT...

SCHIFFFF

16

HÄLTST DU DAS FÜR EINE SCHICKLICHE ZEIT, UM NACH HAUSE ZU KOMMEN?!

PAPA, ICH...

KEINE AUSREDEN! DAS IST DIE DRITTE UNTERRICHTSSTUNDE, DIE DU DIESEN MONAT VERSÄUMT HAST, UND ICH WETTE, ES IST WIEDER MAL WEGEN DIESES TAUGENICHTS ANTRO!

ANTRO IST MEIN FREUND! DU... DU KENNST IHN JA NICHT MAL!!

ICH KENNE IHN GUT GENUG, UM ZU WISSEN, DASS DU EIN EBENSOLCHER ROWDY WIE ER WIRST, WENN DU WEITER MIT IHM HERUMZIEHST!

LANGSAM DENKE ICH, DASS ICH MEINE ZEIT MIT DIR VERSCHWENDE... DU BIST NICHTS ALS EIN VERZOGENES, VERANTWORTUNGSLOSES GÖR!

GEH ZUM TEUFEL! ICH HASSE DICH! ICH HASSE DICH!!

... KOMM SOFORT ZURÜCK!

WAS MACHE ICH NUR MIT DEM KIND?

WAR ES WIRKLICH NÖTIG, SO HALS ÜBER KOPF AUFZUBRECHEN?

STIMMT, WIR HABEN NICHTS BÖSES GETAN, WIR HABEN NUR ETWAS SPAB GEHABT, MEHR NICHT!

IHR SEID MIR ZWEI ECHTE NÄRRINNEN! DIESER JUNGE, DEN IHR GERADE BELÄSTIGT HABT, IST DER SOHN VON PRIMO LAURO!

UPS...

DAS KONNTEN WIR NICHT WISSEN! WIR HABEN IHN FÜR EINEN BEDIENSTETEN DES PALASTS GEHALTEN!

LASSEN WIR'S GUT SEIN, WAS PASSIERT IST, IST PASSIERT. WIR HABEN JETZT WICHTIGERES ZU TUN!

DU WILLST UNS DOCH WOHL NICHT ERZÄHLEN, DASS DER ALTE DIE GRABUNGEN IN DER ALTEN STADT GESTOPPT HAT, ODER, PIROPA?!

SCHLIMMER NOCH: ER VERMUTET IRGENDWAS! WENN LAURO EINE UNTERSUCHUNG EINLEITET, KÖNNTE...

URPS!

WAS SIND DAS FÜR GESCHICHTEN?! DU HAST UNS GARANTIERT, DASS DU ALLES BEKOMMST, WAS DU WILLST!

JA, DAS HAST DU GESAGT!

HÖR ZU, GUTER MANN, DIESE MINE WIRFT FÜR UNS ALLE EINE MENGE AB! UND WIR HABEN NICHT DIE ABSICHT, DEN HANDEL MIT ARCHÄOLOGISCHEN STÜCKEN JETZT AUFZUGEBEN!

EBENSO WENIG WIE DU, SCHÄTZE ICH... BEI DEN GETÜRKTEN ABRECHNUNGEN, DIE DU DER ADMINISTRATION ABLIEFERST!

GLAUBT IHR ETWA, MIR GEFÄLLT DAS?! ICH RISKIERE, DABEI VIEL MEHR ZU VERLIEREN ALS IHR! ICH HABE EINE STELLUNG ZU VERTEIDIGEN!

GANZ GENAU! DA WIR RISKIEREN, ALLES ZU VERLIEREN, MÜSSEN WIR HANDELN UND VERSUCHEN, DAS PROBLEM ZU LÖSEN...

WENN DIE DINGE NICHT AUF DEINE WEISE FUNKTIONIEREN, IST ES AN UNS, ES ZU VERSUCHEN...

BIST DU SICHER, DASS ES HIER IST...?

ABER JA. DA IST DIE TÜR...

PUAH! SO VIEL STAUB HAB ICH NICHT MEHR GESCHLUCKT, SEIT SIE UNS ZUR ZWANGS-ARBEIT FÜR DIESEN SCHLECHTEN SCHERZ VON GILDE VER-DONNERT HATTEN...

SEI STILL! DU REDEST MAL WIEDER ZU VIEL!

... HIER SCHEINT WIRKLICH NIEMAND ZU SEIN...!

OB WIR DAS SIGNAL FALSCH INTERPRETIERT HABEN...?

GLAUB ICH NICHT. ES SEI DENN...

AAAH!!

W...WAS SOLL DAS HEIßEN?!

DAS HEIßT, DASS DIE FRIST, DIE EUCH GESETZT WURDE, ABGELAUFEN IST! IHR HATTET GENAU BIS HEUTE ZEIT, DIE BEDINGUNGEN UNSERER VEREINBARUNG EINZUHALTEN!

SOWEIT ICH WEIß, SEID IHR NICHT MEHR IN DER LAGE, EUCH DAS ZU VERSCHAFFEN, WAS IHR UNS VERSPROCHEN HABT...

ES HANDELT SICH NUR UM EINE LEICHTE VERZÖGERUNG, NICHTS, WAS WIR NICHT LÖSEN KÖNNEN. IHR MÜSST NUR EIN WENIG GEDULD HABEN UND...

IHR SCHEINT OFFEN-BAR ZU GLAUBEN, DASS ZEIT KEINE ROLLE SPIELT!

NEIN, WIR...

DAS TUT SIE, O WIE SEHR! LULÉNE, ZEIG UNSEREN JUNGEN FREUNDINNEN DEN PREIS DIESER VERSPÄTUNG!

NEIIIN!! ICH FLEHE DICH AN, HÖR AUF!

AAAH!

ICH DENKE, DAS GENÜGT...!

IHR HABT EINEN TAG GALGENFRIST GEWONNEN, ABER DAS IST DER LETZTE!

NUTZT IHN ALSO GUT.

NUR DIE RUHE, KLEINE, ES IST VORBEI. ICH BIN JA DA...

ES TUT WEH... ES TUT SO WEH...

ICH WEIB... DAS GEHT VORBEI...

WIR HABEN UNS GANZ SCHÖN WAS EINGEBROCKT, ODER?

JA, ABER KEINE BANGE, WIR KRIEGEN DAS SCHON HIN... WIE IMMER...

ES WAR EIN FEHLER, IHNEN NOCH MEHR ZEIT EINZURÄUMEN, ÉPHOROS. DIE VOR UNS LIEGENDEN EREIGNISSE KÖNNTEN UNS UNSERE GROßZÜGIGKEIT BEDAUERN LASSEN...

DIE STUNDEN DIESER STADT SIND GEZÄHLT. WENN WIR DAS OBJEKT VOR DEN ANDEREN BERGEN WOLLEN, MÜSSEN WIR SOFORT UND OHNE UMSCHWEIFE HANDELN!

NEIN! DU WEIßT GENAU, DASS MAN BEI DEN BEGRABENEN NICHT SO VERFÄHRT!

ICH WEIß NUR, DASS MAN UNS SEIT JAHRHUNDERTEN BEIBRINGT, ALS VERMITTLER ZU DIENEN. ICH PERSÖNLICH BILLIGE DIESE POLITIK NICHT, UND VIELE JUNGE LEUTE DENKEN WIE ICH!

DAS REICHT JETZT. VERGISS NICHT, MIT WEM DU SPRICHST... ICH KÖNNTE DICH BEIM RAT DENUNZIEREN FÜR DAS, WAS DU DA SAGST!

ICH BIN DEIN MEISTER, LULÉNE. ICH HOFFE, DASS DU ES MICH NICHT BEREUEN LÄSST, DICH ALLES GELEHRT ZU HABEN!

VERZEIH MIR, ÉPHOROS, DIE WENDUNG, DIE DIE EREIGNISSE NEHMEN, BEUNRUHIGT MICH...

MICH AUCH, ABER ICH FÜRCHTE MEHR DAS, WAS PASSIEREN KÖNNTE, WENN ALL DIES AN DIE OHREN BESTIMMTER PERSONEN GELANGEN SOLLTE!

DAS, WAS WIR SUCHEN, IST VON GROßEM WERT, UND WAS IHM SEINEN WERT VERLEIHT, IST, DASS NUR WIR, DIE BEGRABENEN, VON SEINER EXISTENZ WISSEN!

MEHR DENN JE MÜSSEN WIR IM DUNKELN WALTEN!

JA, JA. ICH VERSTEHE.

WENN ANDERE DAVON KENNTNIS BEKÄMEN, WIE KÖNNTEN WIR DANN NOCH DIESE GROßE SCHACHPARTIE AUFHALTEN?!

GUT.
VERFOLGE DIE BEIDEN MÄDCHEN WEITER UND PASS AUF, DASS IHNEN NICHTS ZUSTÖßT. ICH WERDE DEN RAT ÜBER DIE VERSPÄTUNG IN KENNTNIS SETZEN.

WENN ALLES GLATT GEHT, WERDE ICH MIT DEN ERSTEN SONNENSTRAHLEN DES NEUEN TAGES ZURÜCK SEIN...

SEI VORSICHTIG. DIE WESEN DER BEGRABENEN WELT SIND ÄUßERST ANGESPANNT, ALS OB SIE ETWAS AHNEN WÜRDEN...

SEI UNBESORGT, ALLES WIRD GUT WERDEN...

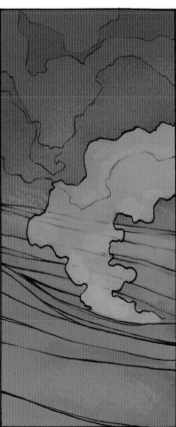

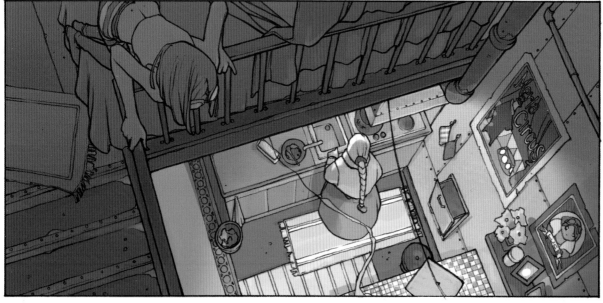

WILLST DU DICH NICHT SETZEN?

GNAMM!

... IST SCHON SPÄT... DIE SHOW... MUSS FLITZEN...

DANKE,
GROßMUTTER, DAS
WAR KÖSTLICH!!
ICH HAB DICH
LIIIEB!

LUCE, VERGISS
NICHT...

SEI VORSICHTIG...
ICH WEIß, DAS SAGST
DU MIR DOCH
JEDES MAL...!

KEIN ZWEIFEL,
SIE HAT DEN MAGEN
IHRES VATERS UND DIE
GROßE KLAPPE IHRER
MUTTER! MÖGEN IHRE
SEELEN IN FRIEDEN RUHEN...!

HALLO, DA BIN ICH!!

WO WARST DU DENN?!

DIE TRAININGSEINHEITEN HEUTE FRÜH HABEN MICH AUSGELAUGT, UND OHNE ES ZU WOLLEN, HAB ICH LÄNGER GESCHLAFEN ALS GEWÖHNLICH...

ICH HATTE LÉO GEBETEN, MICH ZU WECKEN, ABER OFFENBAR HAT ER'S VERGESSEN...

LUCE, ICH WEIB NICHT, WIE ICH'S DIR SAGEN SOLL...

MIR WAS SAGEN?

ER WEIB NICHT, WIE ER DIR SAGEN SOLL, DASS ICH DIE ERÖFFNUNGSNUMMER HEUTE ALLEINE DURCHZIEH, UM DICH ZU LEHREN, HIER PÜNKTLICH AUFZUKREUZEN!

BYE-BYE, BABY!

WAWAWAS?! ... DU ELENDES SCHLITZOHR!

HOCHVEREHRTES, WUNDERBARES PUBLIKUM VON BORÉA, HERZLICH WILLKOMMEN ZUR GRÖBTEN LUFTSHOW, DIE SIE JEMALS AN EINEM DER HIMMEL DER WELTEN DES RINGS GESEHEN HABEN!

EINE SHOW, DIE IHNEN DEN ATEM RAUBEN WIRD...

... ANGEFANGEN MIT DER TOLLKÜHNEN GLANZLEISTUNG DES GROBARTIGEN LÉO!

DER EINZIGE MONOSCHRAUBERPILOT, DEM ES GELINGT...

SEHT DOCH!

WAS MACHT DENN DIE GÖRE IN DER MANEGE?!

SIE VERFOLGT DEN MONOSCHRAUBER!!

?

!!

SIE LÄUFT HINTER IHM HER...!

DEN ERREICHT SIE NIE IM LEBEN! ICH WETTE ALLES, WAS ICH IN DER TASCHE HAB!

WETTE GEHALTEN!

DER MONO-SCHRAUBER IST ZU SCHNELL! ER WIRD DAS ENDE DER MANEGE ERREICHEN, BEVOR...

ER WIRD BESTIMMT ANHALTEN!

PFFF! DAS WAR'S, ICH HAB DIE WETTE VERLOREN!

WAS HAB ICH EUCH GESAGT, DAS KONNTE JA N...

ABER WAS...?! SEHT DOCH!!

30

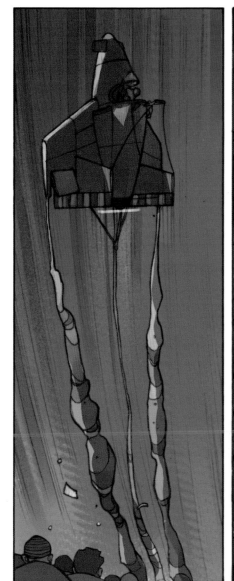

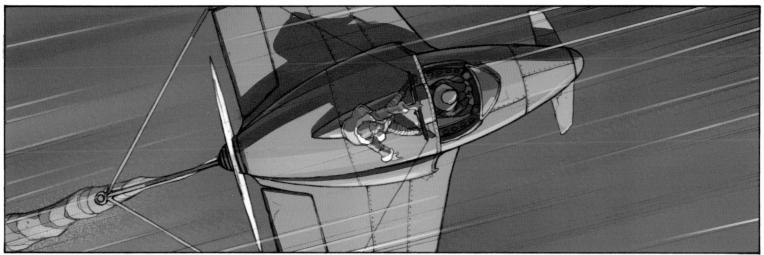

31

HAST DU GESEHEN, WIE BEGEISTERT SIE WAREN, PAPA?! ICH HAB SIE IM STURM EROBERT! VIELLEICHT SOLLTE ICH DIE GELEGENHEIT NUTZEN UND NOCH MEHR SOLONUMMERN PROBIEREN, WAS DENKST DU?

ICH DENKE, DASS DU EIN IDIOT BIST!!

UND WAS DICH ANGEHT, DU KLEINER LEICHTFUB, DU MACHST DIR KEINE VORSTELLUNG DAVON, WAS DICH DIESE ANGEBEREI KOSTEN WIRD!

IHR SEID JA TOTAL ÜBERGESCHNAPPT! EGAL, WAS IHR EUCH EINGEBROCKT HABT, ES STEHT AUBER FRAGE, SPRENG-STOFF IN DER ALTEN STADT EINZUSETZEN!

HABT IHR NUR DIE KLEINSTE VORSTELLUNG DAVON, WIE ZERBRECHLICH DIE FUNDAMENTE SIND?!

WIRKLICH PUTZIG, ALL DIESE SKRUPEL. DU HATTEST WENIGER, ALS DU UNS BEAUFTRAGT HAST, DEN INSPEKTOR AUS DEM WEG ZU RÄUMEN, DER SEINE NASE ZU TIEF IN DEINE ABRECHNUNGEN GESTECKT HAT!

»ES MUSS WIE EIN UNFALL AUSSEHEN«, DAS WAREN DEINE WORTE!

DAS WAR WAS ANDERES! WENN ER GEREDET HÄTTE, WÄREN ALL UNSERE GESCHÄFTE INS WASSER GEFALLEN UND WIR HÄTTEN ALLES VERLOREN!

JETZT IST ES GENAU SO! FÜR UNS IST ES EBENSO EINE FRAGE VON LEBEN ODER TOD, DAS ZU BEKOMMEN, WAS SICH UNTER DIESEM VERDAMMTEN ROTEN STEIN BEFINDET, WIE FÜR DICH DIE TATSACHE, DASS DU DICH ENDGÜLTIG PRIMO LAUROS ENT-LEDIGEN MUSST!

... ENDGÜLTIG?

NATÜRLICH! HAST DU SEINE ANDROHUNGEN VERGESSEN?!

NEIN, HABE ICH NICHT. ABER ICH GLAUBE NICHT, DASS ES NOTWENDIG SEIN WIRD...

NEIN, PIROPA, ES GIBT KEINE ANDERE LÖSUNG! WENN PRIMO LAURO ERST MAL AUS DEM SPIEL IST, GEHT DIE FÜHRUNG DER GILDE AUF SEINEN SOHN TIMO ÜBER UND DAMIT AUF SEINEN VORMUND, ALSO DICH!

ES HANDELT SICH UM DEN OBERSTEN GESCHÄFTSFÜHRER, NICHT UM IRGENDEINEN VERWALTER!

IMMER NOCH SKRUPEL? DENK DARAN, DASS DU FÜR IHN NICHT MEHR BIST ALS DER SOHN DESJENIGEN, DER IHM EINST DAS LEBEN RETTETE. DAS IST DER EINZIGE WERT, DEN ER DIR BEIMISST!

DAS WEIB ER NUR ZU GUT! LAURO LÄSST KEINE GELEGENHEIT AUS, IHN STÄNDIG DRAN ZU ERINNERN!

WAS SOLL ICH TUN?

DIESES LETZTE HINDERNIS AUS DEM WEG RÄUMEN, MEHR NICHT. WAS PRIMO LAURO ANGEHT, UM DEN KÜMMERN WIR UNS SELBST.

ALSO GUT, SAGT MIR WANN.

HEUTE NACHT, WENN NUR NOCH DIE LICHTER DES ROTLICHTVIERTELS LEUCHTEN.

HEUTE NACHT?! ABER DER KRACH WIRD GANZ BORÉA AUFWECKEN!

GENAU DAS WILL ICH JA!

ICH VERSTEHE NICHT...

FRISCH AUS DEM SCHLAF GERISSEN, HABEN DIE LEUTE IM ALLGEMEINEN SCHWIERIGKEITEN, SICH ZU SAMMELN, UND WENN DANN AM MORGEN DIE MISSETAT ENTDECKT WIRD...

WIRD JEDER ANNEHMEN, DASS DIE EXPLOSION DAZU DIENEN SOLLTE, VON DER FLUCHT DER MÖRDER ABZULENKEN.

HABEN DIESE MÖRDER EINEN NAMEN?

MEHR ALS DAS, MEIN FREUND, SIE HABEN SOGAR EIN MOTIV! WENN ICH MICH NICHT IRRE, HABEN DIE PIRATEN VON HELIOPOLIS NOCH DIE EINE ODER ANDERE RECHNUNG MIT DEN GESCHÄFTSFÜHRERN DER GILDE OFFEN, ODER?

SIE HABEN DIE NIEDERLAGE VON TRÉLICE NOCH NICHT VERDAUT. MANCHE SAGEN, SIE WÜRDEN BALD WIEDERKOMMEN, UM RACHE ZU NEHMEN.

ALSO, MEIN LIEBER PIROPA, WERDEN SIE SIE...

... HEUTE NACHT BEKOMMEN!

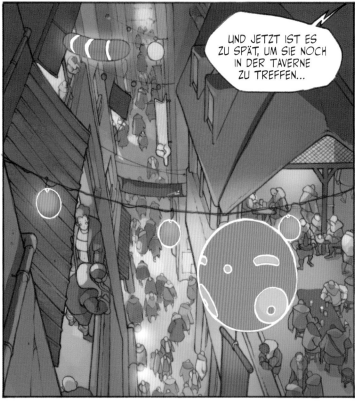

H...HALLO! ABER... BIST... BIST DU NICHT...?!

HE, ICH ERKENNE DICH WIEDER! ICH HAB DICH VORHIN IN DER SHOW GESEHEN!

UND ICH DICH...! DU WARST ECHT UNGLAUBLICH, ICH HÄTTE NICHT GEDACHT, DASS DU ES SCHAFFST, DEN...

DU HAST NEBEN DIESEM NIEDLICHEN TYPEN GESESSEN!!

DU MEINST... ANTRO?!

ANTRO? EIN SCHÖNER NAME... UND, IST ER AUCH HIER?

NEIN, ER IST IN DIE UNTERSTADT GEGANGEN, UM ETWAS SPAB ZU HABEN!

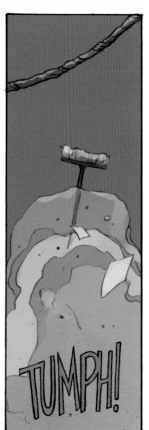

42

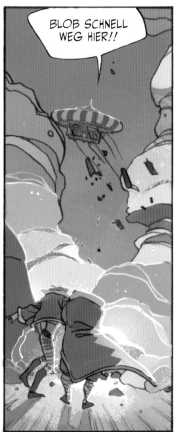

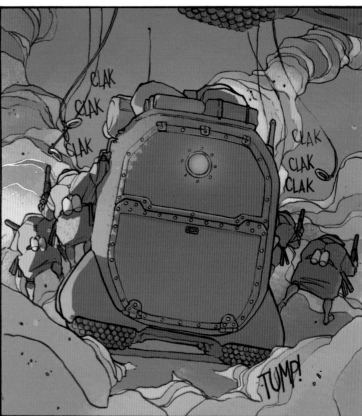

CLAK
CLAK
CLAK

CLAK
CLAK
CLAK

TUMP!

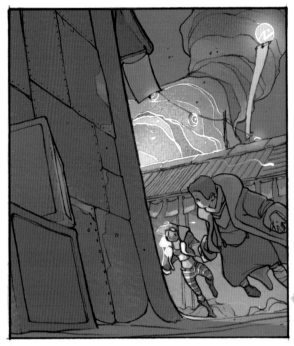

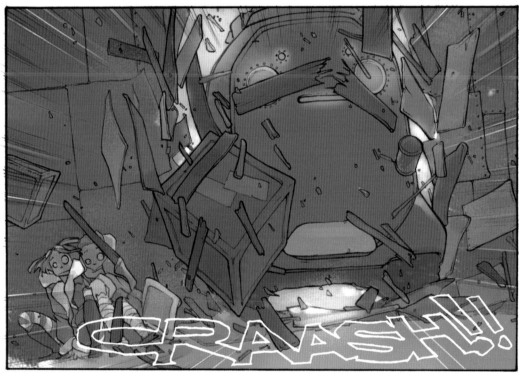

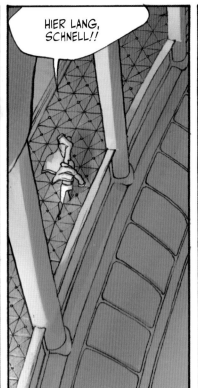

HIER LANG, SCHNELL!!

SO, JETZT SIND WIR AM ZIEL...!

BOOOOMM!!

SEI UNBESORGT, HIER HABEN WIR NICHTS ZU BEF...

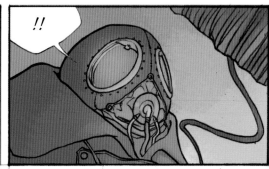

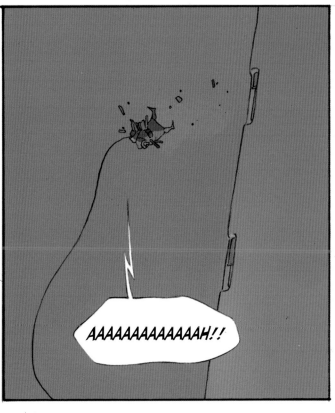

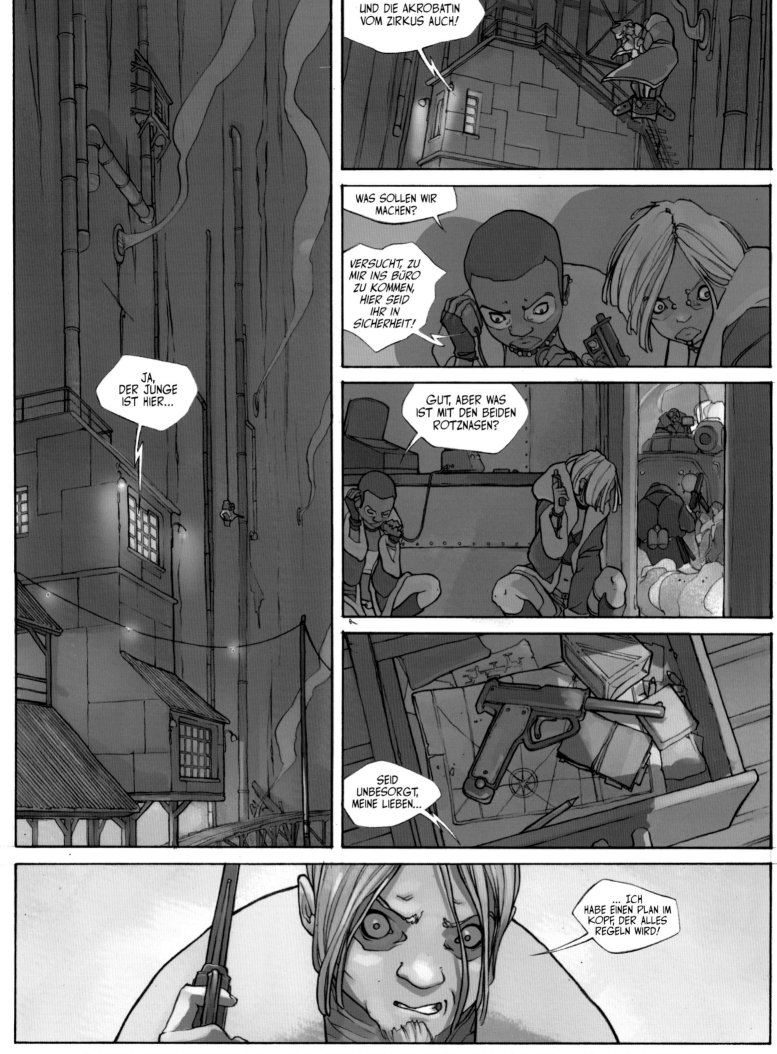

WAS WIRD LEPONTES EXPEDITION AN BORD DER ALBORELLA ENTDECKEN? WAS IST DIESES ANTIKE OBJEKT, DAS LULÉNE UND ÉPHOROS,
DIE GEHEIMNISVOLLEN »BEGRABENEN«, SUCHEN? IN WELCHE FALLE WILL PIROPA TIMO, DESSEN VORMUND ER IST, LOCKEN, UM AN DIE MACHT ZU GELANGEN?
ALLE ANTWORTEN AUF DIESE FRAGEN UND VIELE WEITERE IN DER FORTSETZUNG DIESER SAGA, BAND 2 VON »DER RING DER 7 WELTEN«!

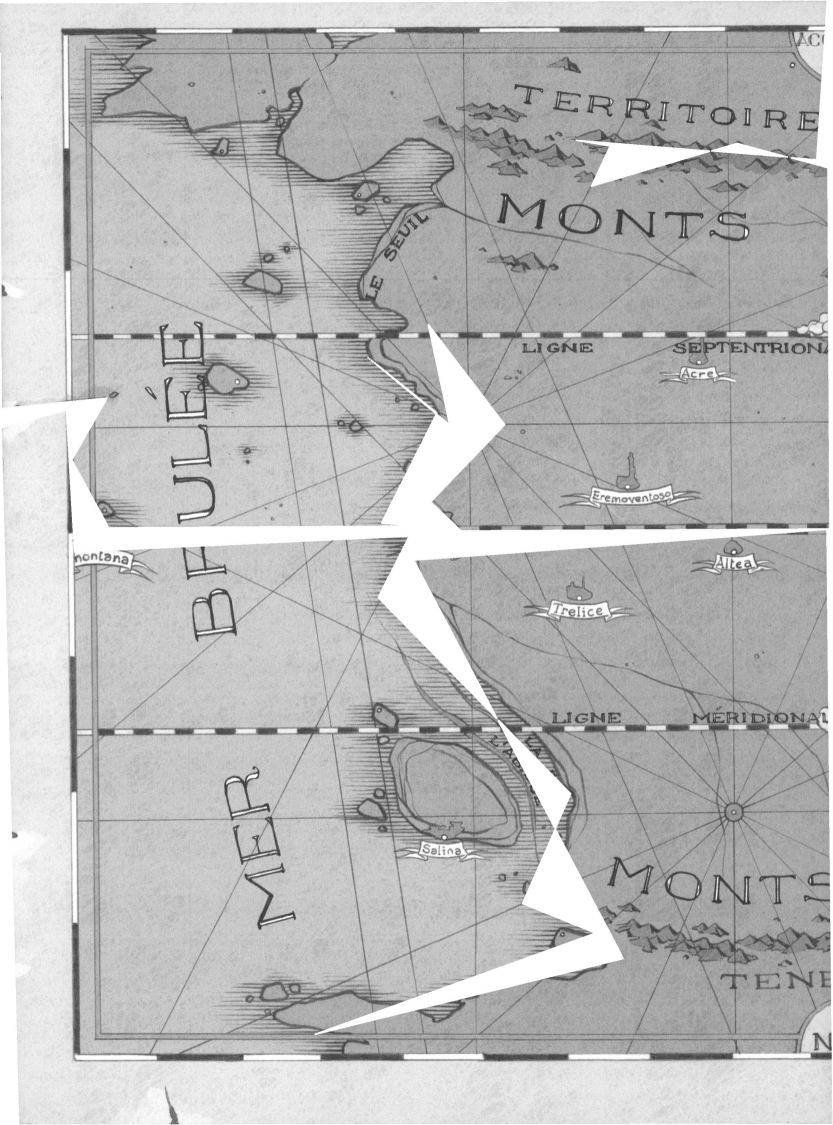